つむじ風、ここにあります　＊　目次

つむじ風、ここにあります

つむじ風、ここにあります

裏側に張りついているヨーグルト舐めとるときはいつもひとりだ

液晶に指すべらせてふるさとに雨を降らせる気象予報士

天気図の西の方だけ晴れているおそらく君がいるのだろうな
キャスターは喋り続ける液晶の三原色の傷のむこうで

公園の鉄の部分は昨晩の雨をゆっくり地面に降らす

花束を抱えて乗ってきた人のためにみんなでつくる空間

つむじ風、ここにあります　菓子パンの袋がそっと教えてくれる

自販機のひかりまみれのカゲロウが喉の渇きを癒せずにいる

全部屋の全室外機稼動してこのアパートは発進しない

隣人にはじめて声をかけられる「おはよう」でなく「たすけてくれ」と

インドアマン

照らされた無数のほこりしばらくは息をするのを我慢してみる

雑巾にからめとられるカーテンのレールの上の無数の死骸

ああむこう側にいるのかこの蝿はこちら側なら殺せるのにな

仰向けに寝て新刊を開いたら僕の額に栞が刺さる

天井の染みに名前を付けている右から順にジョン・トラ・ボルタ
次のページで死ぬ人が前のページで犬を見て爆笑してる

仰向けで本を支える両腕で僕を支えるための寝返り

たくさんの言葉を吹きこまれたあとプラグ刺される携帯電話

盗聴の特集記事を思い出し「知っているぞ」と部屋でつぶやく

中央で膝を抱える浴槽の四方のバブが溶け終わるまで

じっとしているのではない全方位から押されてて動けないのだ

砂嵐　加害者家族　砂嵐　誰も死なないニュースをさがす

巻き戻しボタンを押せば雨粒が空へと降って事件当日

女子アナの真顔で終えるザッピング眠るまえには女が見たい

リモコンで切ったがなんかあれなので主電源まで這いよって切る

体温の移っていない部分まで足を伸ばしてまた引っ込める

インドアマン、バイトへ

駅までの距離を歩数で数えたらやっぱり五百三歩目で犬

一本の道をゆくとき風は割れ僕の背中で元に戻った

駅前をナックルボールの軌道でゆけばティッシュをもらわずに済む

B型の不足を叫ぶ青年が血のいれものとして僕を見る

主人待つ自転車たちのサドルから黄色い肉が飛び出している

改札と老婆は凍りついたまま朝の流れをせき止めている

たくさんの後ろ姿が運ばれるチョコレイトの距離を保って
電車から僕僕僕が降りるのを僕僕僕が待っている朝

この席を必要としている人がいまトーストを食べ終えました
急停止ブレーキ音が鳴り終わり車掌がしゃべるまでの沈黙

ねえ僕は何を殺した遊ぶ金欲しさにワイングラスを磨く

休憩が終わるまであと二十分福神漬けを動かしている

そのむかし空手をやっていた人に正拳突きを見せられている

ジャケットのボタンは消えたそういえば糸をちらちらさせていたっけ

風に背を向けて煙草に火をつける僕の身体はたまに役立つ

夕暮れのゼブラゾーンをビートルズみたいに歩くたったひとりで

雑踏の中でゆっくりしゃがみこみほどけた蝶を生き返らせる

コンビニの蛍光灯は休みなく働かされて殺されました

レジ袋いりませんってつぶやいて今日の役目を終えた声帯

落ちていたカラスの羽を持ち帰る何かが変わるような気がして

ここを離れる

月までと書いた画用紙ぶらさげて国道に立つ副操縦士

遺失物保管係が遺失物ひとつひとつに名前を付ける

枕木をひとつ飛ばしで踏んでゆく鉄道保線員の憂鬱

父性持つ蝶の模様は汚いと君は千切った羽を見ている

石鹸にガラスの破片を刺しておくたべものぜんぶはみがきこあじ

燃えさかる傘が空から降ってきてこれは復讐なのだと気付く

下の下でも上の上でもない僕が受け賜わりし青鬼の役

細々と暮らしたいからばあさんや大きな桃は捨ててきなさい

懐で暖めていたグミがない信長様に蹴られてしまう

雨ですね。上半身を送ります。時々抱いてやってください。

ソマリアの通貨単位は何ですか地獄の通貨単位は笑顔

軍事用ヘリコプターがはつなつの入道雲に格納される

軍事用八十歳がはつなつの公民館に格納される

重力がひるんだ隙に人々は一部地域を除いて空へ

空を買うついでに海も買いました水平線は手に入らない

やわらかな風の散弾てのひらに五つ集めて風に戻した

たくさんの孤独が海を眺めてた等間隔に並ぶ空き缶
自転車に空気を入れる精密な自分の影に涙しながら

北風にぴゅうぴゅう言われなくたっていずれ僕らはここを離れる
消えてゆく歌もみんなが口ずさむ歌もひとりが歌いはじめた

エキストラ

背表紙に取り囲まれてぼくたちのパラパラマンガみたいなくらし

包丁を買う若者の顔付きをちゃんと覚えておくレジ係

手がかりはくたびれ具合だけだったビニール傘のひとつに触れる

廃品として軽トラにゆられてる雨宿り歴五年のテレビ

本棚に空いた闇へと店員が差し入れている罪と罰〈上〉

レシートも袋もカバーもいりませんおつりもいいです愛をください

おすすめの本を聞かれておすすめの本と検索窓に打ち込む

活字では登場しないぼくたちはどんなにあがいてもエキストラ

呼応して閉じられてゆく雨傘の最初のそれにぼくはなりたい

返り血で濡れることなどない雲とリネンのシャツは白を選んだ

小説のように場面は変わらないだからぼくらは扉をめくる

それは風、もしくは言葉寸前の祈りに近い叫びであった

カーペット味

天ぷらになりかけのえびすみませんえびグラタンになってください

カーペット味と表現したいけどカーペット食べたことがばれる

ちゃぶ台をゆっくりひっくりかえしたらゆっくりひっくりかえるみそ汁

ハンカチを落としましたよああこれは僕が鬼だということですか

天井に刺さっていますわあわあとトランポリンで跳ねていた子が
コンタクト型のテレビを目に入れてチャンネル替えるためのまばたき

ああそれが転ばぬ先の杖ですか祖母の腕かと思いましたよ

タオルから犬の匂いがするのです犬など飼ったことはないのに

触れなくていいものに触れ火傷する癖がありますす遺伝でしょうね

xとyの交わる点に咲くはずだったのとタンポポは言う

針に糸通せぬ父もメトロでは目を閉じたまま東京を縫う

母が死ぬ前からあった星だけど母だと思うことにしました

「お弁当あたためますか？」「ありがとう、ついでにこれも」「なんですか？」「星」

「千円になります」と言い千円になってしまったレジ係員

あんちえいじんぐあんちえいじんぐと皺の通りに縛られた傘

むこうからやってくるのは馬だろうブルース・ウィリスではないだろう

なんとなくぐにゃぐにゃにしたクリップで牢屋の鍵がなんとなく開く

ロボットの涙は油

プールから飛び出す癖がなおらないイルカを辞めて5年経つのに

年収が一億円を超えました十万歳を迎えた春に

犬辞典５０ページにポチだった頃の私が印刷される
犬であることを休んでいる犬とたまに恋愛話をします

ほんとうの名前を呼べばはいと言いタロウと呼べばワンと言う犬

雨のなか傘をささないあの人の前世はきっと砂漠でしょうね

めぐまれぬ子どものために骨組みの一部を売りにゆく歩道橋

生前は無名であった鶏がからあげクンとして蘇る

慣性の法則はもう壊れたし動いていいよ奈良の大仏

ああこれも失敗作だロボットのくせに小鳥を愛しやがって

ロボットノナミダハアブラ　ロボットの涙は油　だったはずだろ

「ホタルにはできないことをするために人の形に生まれてきたの」

羊水に濡れた身体で眺めてた分娩室の白い天井

そういえばいろいろ捨ててあきらめて私を生んでくれてありがとう

天にいるだれかさん

神様は君を選んで殺さない君を選んで生かしもしない

神様は気まぐれまでも予測してちゃんと世界を用意している

海の嘘気付かぬままに釣り糸を空へと垂らす老人の群れ

すれちがう人のどれかは天からの使者であるかもしれない登山

ゴールさえ与えてやれば人間は足を止めるよ人間だから

だしぬけに葡萄の種を吐き出せば葡萄の種の影が遅れる

あの羽は飾りなんだよ重力は天使に関与できないからね

カレンダーめくり忘れていたぼくが二秒で終わらせる五・六月

何もかもわかったような顔をしてそこに座って待っていなさい

神様にケンカ売ったらぼこぼこにされちまったぜまじありがとう

靴を脱ぐ

バラバラになった男は昨日まで黄色い線の内側にいた

なぜ人は飛び降りるとき靴を脱ぎ揃えておくのだろうか鳩よ

カレンダーめくる　誕生日に死ねばあいつ笑ってくれるやろうな

大丈夫、大丈夫って言いながら吐くようにして死ぬかもなおれ

はい死んだはい死んだって言いながらあなたがめくる朝日新聞

右利きに矯正されたその右で母の遺骨を拾う日が来る

いくつもの手に撫でられて少年はようやく父の死を理解する
全体としては死んでるじいちゃんの一部を生かすためのシステム

鮭の死を米で包んでまたさらに海苔で包んだあれが食べたい

数千のおにぎりの死を伝えないローソンで読む朝日新聞

イヤホンを外した人に最初より大きな声で死ねと伝える
本屋っていつも静かに消えるよね死期を悟った猫みたいにさ

だがしかしガードレールにぶつかればガードレールの値段がわかる

鳴らしてる電話の先に死者がいることも知らずに鳴らし続ける

ジュード・ロウみたいにかっこよく禿げる夢は叶わずただ禿げて死す

致死量の光の中で猫よけのペットボトルの水を飲み干す

もし僕が死んでも歌は生きていて紙を汚してしまうのだろう
あとがきは君に任せる僕の死が物語には不可欠なのだ

対少年時代

さざ波が私語をさらってゆくまでを目を閉じたまま先生は待つ

空欄に入る言葉を考えよ　やっぱり僕が考えるのか

おれたちがきのう習ったクレーターあれ神様の指紋だってよ

台本にゆれるゆれると書いてありやっぱり僕は木の役だった

敵将の耳を切り取るようにして第二ボタンを集める少女

新しい朝が来たけど僕たちは昨日と同じ体操をする

青空にソフトクリームぶちまけてなんて平和な夏なんだろう
ころんだという事実だけ広まって誰にも助けられないだるま

永遠に補修をされることがないビート板には誰かの歯形

お風呂場に新聞紙敷く「お父さん、僕は補欠になるんやろうか」

ぷよぷよは消える瞬間背後から刺されたような顔をしていた

髭が生えはじめたころは髭ばかり触っていたよ手も握らずに

義足ではないほうの足持ち上げて祖父が教えてくれるくるぶし

疑問符のような形をした祖母がバックミラーで手を振っている

改札のむこうに母が立っている車で待っていればいいのに

冷蔵庫を開けた子猫を抱いていたそこから先は思い出せない

対佐藤

全員の姓が佐藤であることを知っているのは神と受付

全国の佐藤を線で結んだら日本の地図になりませんかね

神様の視点によれば佐藤には単数形は存在しない

ペンネーム佐藤大好きさんからのお便りですが黙殺します

一斉に佐藤が蜂起した夏のことをあなたは忘れないでね

警視庁佐藤対策班始動　佐藤今夜は震えて眠れ

頑丈な佐藤の群れを砕くのは高橋鈴木井上田中

人類が残らず消えた県道の止まれの文字が佐藤を止める

こちら佐藤ただいま留守にしていますピイイと鳴りましたら笑って

It's a Small War

飛行機がふたつに折れる　巻き戻し　ひとつに戻る　スロー再生

少年がわけもわからず受け取ったティッシュが銃じゃなくてよかった

コンビニのバックヤードでミサイルを補充しているような感覚

前線に送り込まれたおにぎりは午前三時に全滅したよ

前をゆくバックシートの少年が架空の銃で妻を撃ち抜く

いたいのが飛んでゆきますソマリアの少年兵の人差し指へ

青空に国境線が現れてぼくらのもとに届く赤紙

銃弾は届く言葉は届かない　この距離感でお願いします

飛び上がり自殺をきっとするだろう人に翼を与えたならば

爆風は子どもの肺にとどまって抱き上げたときごほとこぼれた

戦争はビジネスだよとつぶやいて彼はひとりで平和になった

飛び降りて死ねない鳥があの窓と決めて速度を上げてゆく午後

救急車の形に濡れてない場所を雨は素早く塗り消してゆく

負傷した眼鏡を胸に眠らせて額縁のない空を眺める

対パーティーナイト

ハイタッチしてもいいのかわからずに君のてのひら指でつついた

帽子から生えてきたんじゃないかってくらいに君は帽子が似合う

枝豆と壁の模様を見ています合コンは盛り上がっています

店員と僕の間に拡声器みたいな人を置いてください

さっきまで騒いでたのにトイレでは他人みたいな会釈をされる

「えっ?」ていうあなたの癖がかわいくて小さな声で話しかけてる

誕生日くらいじゃないか嫉妬心なしにおまえを祝えるのって

端的に言うならそれは特大のピザをひとりで食うときの顔

会場の隅で頭のまん中で何度も落とすあのシャンデリア

吐いている人を介抱する人の輪の外にいて音だけを聞く

もう顔と名前が一致しないとかではなく僕が一致してない
家までと言えばひきつるタクシーの運転手さん家までたのむ

ネクタイの吐瀉物和えを投げ捨てて眠るよ僕は目覚めるために

おもちゃ箱

スヌーピーみたいな顔をしやがって愛されたって知らないからな

あたらしいかおではなくてあたらしいからだがほしいなんていえない

あたらしいかおがほしいとトーマスが泣き叫びつつ通過しました

その顔は喜怒哀楽のどれなのかHELLO KITTYの口の欠落

ショッカーの時給を知ったライダーが力を抜いて繰り出すキック

ラコステの鰐に乳首を噛まれたと購入者から苦情が届く

ガンディーの左フックをかわしつつマザー・テレサのビンタをくらう

傷付ける音を発した声帯をざぶざぶ洗うファンタオレンジ

スポーツの女神の汗を丁寧に蒸留すればポカリスエット

ウルトラマン用の浮き輪を膨らまし終える頃には冬が来ていた

ぼくがこわせるもの

全米でナンバーワンの映画だけ観ていうような女が好きだ

愛してる。手をつなぎたい。キスしたい。抱きたい。（ごめん、ひとつだけ嘘）

唇が荒れるくらいの長いキスまでに交わした短い会話

頬骨を意識させない丸顔の頬骨に触れほおぼねと言う

ぼくがこわせるものすべてぼくのものあなたもぼくのものになってよ

電気つける派？つけない派？もしかしてあなた自身が発光する派？

せめてものつぐないとしてケータイのロックを解除して放置する
とりあえず別れ話は後にしてドリンクバーに行ってきますね

しゃくしゃくとレタスの音が昨日より広く感じる部屋に響いた

アイロンの形に焦げたシャツを見て笑ってくれるあなたがいない

やあおれはみらいのおまえなんだけどおまえをころすためにきたんだ
死にたいと言うから首を絞めたのに全力で死を拒絶する君

後ろから刺された僕のお腹からちょっと刃先が見えているなう

ベランダのミイラ

所有する下着の上位三枚を鞄に詰めている午前二時

透明な電車を五本見送って見える電車を待っている朝

ドアマンの目はガラス色この星にいま降り立ったかのような顔

カードキー忘れて水を買いに出て僕は世界に閉じ込められる

はだけてる浴衣はだけたままにして鏡に映りながら放尿

「アメニティ?なにそれ」と言いつつ君が鞄に詰めているアメニティ

ベランダでミイラになっているシャツもこの雨に濡れているだろうか

もう頭・首・胸・腹はいっぱいな新幹線のしっぽに座る

弁当のワゴンは五回通過してラストシーンのような夕焼け

あ　殺してやろうと思い指先で押した　ガラスの外側にいた

文庫本↓虚空↓吊り革↓文庫本↓虚空の後に着く田布施駅

バスの行く方

一枚の布だとしたら引っ張ってこちらを雨にしたいような日

遠い日の記憶を手繰り寄せる糸　君にまつわるものは千切れろ

テーブルは寡黙な獣うまれつき右前肢がすこし短い

黒インク指の先から染み込んでやがて私の海へと溶ける

ずれながらゆがみながらも階段をのぼる私についてくる影

バスの来る方ばかり見てバスの行く方を私は見ていなかった

もう何度バスに追い抜かされたのかそれでも君は乗らないと言う

テレビカード

十二月道路工事は水たまり用のくぼみを次々と消す

病室の窓から見えるすべてには音がないのと君は笑った

満ちている冬の空気を押し上げてホットミルクがコップを満たす

「かなしい」と君の口から「しい」の風それがいちばんうつくしい風

君の目を世界に繋ぎ止めるためテレビカードをたくさん買った

あの電車ブレーキ音がファルセットだったね僕らまた乗れるかな

かなしみはいたるところに落ちていて歩けば泣いてしまう日もある

からっぽの病室　君はここにいた　まぶしいくらいここにいたのに

もう君を動かす人は死にました折り畳み式自転車を折る
絶望のつなぎ目にあるほころびをやっぱり僕は見つけられない

ブレーキ音のファルセット響かせて電車は止まる闇寸前で
後ろから君の名前を呼ぶ声がするだろうけど振り向かず行け

上に散らない

タイヤから冬の空気がすこしずつ春へと溶けてゆく音がする

さくらさくさくらさくさく仰向けに寝て手を空へ差し出すように

千切りにされた春ですいま君の頭に乗った桜の花片

さくらっていちごと同じ発音で言わないときは君の名前さ

それらしく咲いてくれたらああこれが最後なんだと思えたのにな
日だまりのベンチで僕らさくら散る軌道を予測していましたね

あの世から見える桜がどの桜より美しくありますように
かなしみはすべて僕らが引き受ける桜の花は上に散らない

辺境からの変化球

東　直子

木下龍也さんには、東京で一度だけお会いしたことがある。ナイーブで礼儀正しい、美しい青年だった。彼は、昭和最後の一月十二日に山口県で生まれ、育った。本州のもっとも西に位置する県から発信された、その自在な言語感覚は、様々な短歌投稿欄に登場し、話題をさらった。私もラジオ番組やネットや雑誌などでの公募で木下さんの作品を度々目にし、心に強く残っていた。この人の歌をまとめて読みたい、という思いを決定づけたのが、表題にもなった次の歌である。

つむじ風、ここにあります　菓子パンの袋がそっと教えてくれる

街の片隅に流れてきた風が、ビルの間でつむじ風となった。菓子パンを包んでいた薄いビニール袋が、その風で旋回している。「つむじ風、ここにあります」という、個人商店の手書き文字でのさりげないアピールのようなやさしい口調が胸にしみる。ゴミとして捨てられる運命の菓子

パンの袋が、誰にも気づかれなかったつむじ風の存在を顕在化させた。世界の片隅で、短歌という小さな器によって自分の存在をこの世に示そうとしている作者自身とも重なる。
この歌は、「しいか」という、詩と短歌のネット投稿企画で、選者の一人だった私のもとに木下さんから送られてきた作品である。同じ作品を、三、四十代が中心の複数の選者も高い評価を与えていた。

自販機のひかりまみれのカゲロウが喉の渇きを癒せずにいる

自販機から発せられる光に、カゲロウが吸い寄せられている。飲み物は目の前にあるが、カゲロウにはそれを購入することはできない。決して喉を潤してくれることはない光にまみれるばかりである。望むものを手に入れられないまま本能に従って光に寄せられて空中にふわふわ浮かぶカゲロウが、はかなく切ない。この歌は、現代歌人協会主催の二〇一二年度の全国短歌大会で大賞を受賞した作品である。木下さんは他の作品も含めて、十五人いる選者のほとんどに選ばれていた。様々な年齢、価値観のプロの歌人の目にかなう、確かな才能を持った人なのである。

彼の居住地には、文学的な友達は一人もいないという。結社や同人誌には所属せず、ネット上の仲間とゆるく繋がっている。夜の間じゅう明るく灯る自販機は、どんなに深夜でも誰かが起きていて何かを発信し続けているネットの世界と響きあう気がする。ヴァーチャル世界では、身体的な喉の渇きを癒せないこともまた。

木下さんの作品の特徴は、非常にアイディアが豊富なことである。アイディアの発想の根本に、大きな物語に対峙する個人の存在意義を問うものがある。

細々と暮らしたいからばあさんや大きな桃は捨ててきなさい

軍事用八十歳がはつなつの公民館に格納される

少年がわけもわからず受け取ったティッシュが銃じゃなくてよかった

背表紙に取り囲まれてぼくたちのパラパラマンガみたいなくらし

冷静な文体ながらコミカルな味わいがあり、一瞬笑いを誘われる。しかし、直後になんだか奇妙な、怖いような感覚に襲われる。「大きな桃」を切ることなく捨てれば、その後の派手な物語の展開はない。日々おとなしく暮らすことをよしとされている私たちは、持ち帰るべき桃を捨てさせられてきたのかもしれない。

二首目は、「軍事用ヘリコプターがはつなつの入道雲に格納される」と呼応する歌だが、公民館に「生涯学習」などの名目で集まる老人たちは、なにかを背負わされ、強制させられているように思えてくる。

三首目には、日本独特の「ティッシュ配り」という宣伝行為の、無作為にばらまかれるものへの批評がある。殺意もそのようになにげなく手渡され、受け取ってしまっているかもしれないのだ。又、本のはしっこでぎこちない動きをするパラパラ漫画になぞらえられた「くらし」の虚無感は、なんだかおかしくて、やがて悲しい。

「対佐藤」の実験的な一連も、「佐藤」というメジャーな姓を象徴的に用いて、社会の中の人間の存在意義を考察していると言えるだろう。

さらに、機知に富んでいるだけでなく、作歌の動機として、生きていることへの根本的もどかしさや圧倒的な孤独感があることも感じずにはいられない。

「靴を脱ぐ」の一連には、「死」をテーマにした作品が集められている。

バラバラになった男は昨日まで黄色い線の内側にいた
なぜ人は飛び降りるとき靴を脱ぎ揃えておくのだろうか鳩よ

「黄色い線」は、生と死のボーダーライン。揃えて並べられた靴は、この世への最後の挨拶。電車やビルは、自ら死を選ぶ人のための装置となり得る。その事実を、情緒的なことを一切抜きにして、淡々と表現している。「死」に対する不可解さと清々しさが一体化しているようだ。肉親の死を題材にしても「右利きに矯正されたその右で母の遺骨を拾う日が来る」とクールに描く。一方で、普通の人はあまり意識しない「死」を意識した歌を詠む。

鮭の死を米で包んでまたさらに海苔で包んだあれが食べたい

おにぎりに埋め込まれている鮭の切身は、確かに「鮭の死」である。こんなふうに考えはじめたら、まわり中「死」だらけになってしまう。そうすると同じ一連にある「イヤホンを外した人に最初より大きな声で死ねと伝える」が、切実な悪夢として迫ってくる。そこには、シニカルという一語では纏めきれない生々しさを含んでいるように思う。

ああこれも失敗作だロボットのくせに小鳥を愛しやがって
透明な電車を五本見送って見える電車を待っている朝

この二首のような、ＳＦやファンタジーに通じる物語の豊かさに繋がる作品もあるが、遠くへ跳びすぎることなく世界を身近に感じることができる。一首目はカジュアルな話し言葉が、二首目はごく日常的な場の設定が、それを可能にしている。
この若い才能は、類いまれな想像力と、細部を見極める繊細な洞察力で、言葉の世界に新たな意識を刻みつづけるに違いない。

手がかりはくたびれ具合だけだったビニール傘のひとつに触れる

二〇一三年三月三十一日

あとがき

ぼくが君をどんなに愛しているかをここに書いておく。
文章にすればこぼれる部分もあるだろうが、一部分だけでもここに書いておく。
君はこれを読むだろうか。
もしこの本を手に取ったのならば、どうか読み逃さないでほしい。
例えば、ぼくらは森の中を歩いている。深い森だ。
君の前を歩くぼくは、道しるべとしてフリスクを撒きながら歩いている。
ふと振り返ると君は、口に大量のフリスクを詰め込み、
その清涼感にやられて涙を流しながら歩いている。
きっとぼくも泣くだろう。
道しるべを失ったことにではなく、君が泣いていることに涙するのだ。
フリスクを撒くのをやめ、ひたすら歩いているぼくらは1軒の小屋を見つける。
もちろんお菓子の家なんかじゃない。ぼくらはそこに住むことにする。

帰り道はもうないのだ。
ぼくは毎朝君より早く起きて、近くの川を見張るだろう。
大きな桃が流れてきたら、深い穴を掘って埋めるためだ。
傷付いた鶴も助けないし、いじめられている亀だって無視する。
きらきら光っている竹を見つけても切らないように心掛ける。
もちろん子どももなんてつくらない。
その子どもは、おばあさんになった君を山に捨てに行こうとするだろうから。
このようにしてぼくは他の物語の介入を拒み続けるだろう。
どこかで聞いたようなめでたしめでたしなんてクソくらえだ。
ぼくらは2人だけで閉じた世界に住むのだ。どこにも行けなくたって構わない。
そのくらいぼくは君のことを愛している。
だからどうか、どうかぼくが君のことを食べてしまっても許してほしい。
かわいらしい赤ずきんの君を。

二〇一三年三月十日　　木下龍也

■著者略歴

木下龍也（きのした・たつや）

1988年１月12日、山口県生まれ。東京都在住。

2011年より作歌を始め、穂村弘「短歌ください」（ダ・ヴィンチ）や短歌×写真のフリーペーパー「うたらば」などに投稿を始める。

2012年第41回全国短歌大会大会賞受賞。

結成当日解散型不定形ユニット「何らかの歌詠みたち」で岡野大嗣らとともに短歌朗読をたまにしている。

しいたけと生魚と自己紹介が苦手。

Twitter：@kino112

「新鋭短歌シリーズ」ホームページ　http://www.shintanka.com/shin-ei/

新鋭短歌シリーズ1
つむじ風、ここにあります

二〇一三年五月二十五日　第一刷発行
二〇二一年六月十四日　第六刷発行

著者　木下龍也
発行者　田島安江
発行所　株式会社　書肆侃侃房（しょしかんかんぼう）
〒八一〇・〇〇四一
福岡市中央区大名二・八・十八・五〇一
TEL：〇九二・七三五・二八〇二
FAX：〇九二・七三五・二七九二
http://www.kankanbou.com　info@kankanbou.com

監修　東 直子
装画　清水彩子
装丁・DTP　園田直樹（書肆侃侃房）
印刷・製本　株式会社西日本新聞印刷

ISBN978-4-86385-111-5　C0092